braumüller

Michael Köhlmeier

Antigone

nach Sophokles

braumüller

Personen

ANTIGONE
ISMENE
KREON
CHOR
EINS – spielt auch den BOTEN
ZWEI – spielt auch HAIMON
DREI – spielt auch TEIRESIAS

Erste Szene

Antigone und Ismene.

ANTIGONE: Heute, Ismene. Was ist heute?

ISMENE: Was ist heute, Antigone?

ANTIGONE: Kann ich „heute“ sagen, ohne an gestern zu denken?

ISMENE: Nein, das können wir nicht.

ANTIGONE: Gestern sind unsere Brüder ermordet worden.

ISMENE: Nein, Schwester. Sie haben miteinander gekämpft und haben sich gegenseitig getötet. Einer den anderen im gleichen Hieb.

ANTIGONE: Und wer im Kampf tötet, mordet nicht?

ISMENE: Eteokles und Polyneikes waren einander gleich. In allem gleich, bis zur Geburt zurück. Das machte sie zu Feinden.

ANTIGONE: Aus Gleichheit wird Feindschaft?

ISMENE: Du verkehrst die Worte …

ANTIGONE: Was ist ein verkehrtes Wort?

ISMENE: … indem du hinter jedes ein Fragezeichen setzt.

ANTIGONE: Müssen wir das nicht, wenn nicht mehr gilt, was immer galt? Hast du nicht den einen wie den anderen geliebt? Und wenn den einen mehr, weil er dir näher war, der Jüngere, wie ich dem Älteren näher war, macht dieser kleine Unterschied – es war doch keine Stunde! – schon aus, dass der eine begraben werden soll in allen Ehren, der andere aber nicht? Sieh mich an, Ismene! Und dass wir, du und ich, dazu schweigen?

ISMENE: Ich will nichts hören, ich höre nichts …

ANTIGONE: Nicht einmal eine Handvoll Staub soll ihn bedecken! Und wir, du und ich, sollen schweigen?

ISMENE: In mir ist kein Platz mehr für welches Leid auch immer! Ich hab' genug geerbt vom Vater. Wenn's einen Gott gibt, hat er etwas bei uns ausgelassen, was noch wehtun könnte? Ich weiß von nichts und will nichts wissen! Ich will nicht an die Brüder denken. Heute nicht. Morgen nicht. Vielleicht in einem Jahr. Sie sind tot, kein Wort macht sie lebendig. – Halt' mich fest, Schwester!

Sie umarmen sich.

ANTIGONE: O ja! Ödipus war der unglücklichste Mensch, diesen Wettbewerb hat er gewonnen. Sein Schicksal zog die Grenze für das Unglück, mehr darf nicht sein. Und das Erbe der Mutter? Iokastes Unglück ist nicht bescheidener. Sie kommt zugleich mit unsrem Vater ins Ziel. Und hinterlässt uns ihren Bruder. Die Brüder, die Brüder! Die Brüder machen uns zu Schwestern auf ewig. Darf ich nicht Antigone sein und du nicht Ismene, bevor wir Schwestern sind von Eteokles und Polyneikes? Was hat uns Kreon zu befehlen, nur weil er der Bruder unsrer Mutter ist?

ISMENE: Die Stirn ist meine Mauer. Hinter der bin ich lebendig begraben. Kein Ton dringt nach außen.

ANTIGONE, *bitter, hart:* Dann will ich es aussprechen. Und wenn du die Ohren verschließt, Ismene, sag' ich es dir in die Augen hinein. Der brave Kreon, der vor jedem, der es hören will, und jedem, der es nicht hören will, betont, dass er an der Macht nicht Interesse hat, der gegen alle Ambition, wie er es nennt, sich auf den Thron von Theben setzte, um Theben zu retten, wie er sagt … der ehrenwerte Kreon hat befohlen, dass Polyneikes – sein Neffe! – verrotten soll auf dem Feld, wo er fiel. Am Rücken liegend, das Schwert des Bruders in der Brust, die Augen weiß von der Milch des Todes. Gefressen werden soll er von den Hunden und den Raben bis hinunter zu den fetten grünen Käfern …

ISMENE: Ich hab's gehört! Nicht weiter! Bitte!

ANTIGONE: … ein Spott den Spaziergängern auf den Wegen rundum …

ISMENE: Ich weiß es! Du brauchst es nicht zu wiederholen!

ANTIGONE: … zum Gelächter für die Bürger, wenn die Raben ihm die Zunge stückweis' aus dem Rachen reißen und die Hunde sich um seine Glieder raufen …

ISMENE: Ich hab's gehört! Bitte! Was quälst du mich!

ANTIGONE: Gehört und nicht begriffen … Ich wollt', ich hätt' es nicht gehört, begriffen aber hab' ich es. Nicht ich quäle dich. Die Bilder, die meine Träume in der Nacht auf die Finsternis malen, als wär' sie eine frische Leinwand … Ismene, halt' mich fest! … diese Bilder quälen mich. Doch wenn ich schon

Schwester sein muss, dann muss ich es auch sein. Ich muss. Und du, Ismene, du musst es auch! Hast du ein Gewissen?

ISMENE: Die Frage ist böse.

ANTIGONE: Gibt's etwas, was nicht böse ist, in einer bösen Zeit?

ISMENE: Schon wieder fragst du. Kreon hat befohlen. Er ist der Herrscher von Theben. Er ist es, ob wir das wollen oder nicht. Ich habe das Gesetz nicht erfunden, Antigone.

ANTIGONE: Willst du wissen, was das Gewissen dazu sagt?

ISMENE: Nein!

ANTIGONE: Was das Gewissen uns befiehlt?

ISMENE: Nein!

ANTIGONE: Du hast die Gesetze nicht erfunden, und ich hab' das Gewissen nicht erfunden. Wenn es einen Gott gibt, dann gibt es ein Leben nach dem Tod, und dann werden wir länger drüben sein als hier, und die drüben werden uns bis ans Ende der Zeit in die Augen glotzen, und ihre Vorwürfe werden unsere Qualen sein, schlimmer als die Qualen meiner Nächte hier, und die Zeit, die endet nie. Darum werde ich Erde über den Bruder streuen. Komme, was wolle …

ISMENE: Du hast ein heißes Herz und bist so kalt.

ANTIGONE: Ich frag' dich, Ismene, ich frag' dich, ob du mit mir …

ISMENE: Frag' nicht, Antigone! Ich habe nicht den Mut.

ANTIGONE: Dann gefall' du dem Starken, ich meinem Gewissen.

ISMENE: Du willst, dass jedes deiner Worte mir wehtun soll.

ANTIGONE: Ich will dieses, du willst jenes.

Beide ab.

Zweite Szene

Eins, Zwei und Drei treten auf.

DREI: Was habt ihr?

ZWEI: Wer zuerst?

EINS: Lass' hören!

ZWEI: Also … *Liest vor.* Strahl der Sonne! Du schönstes Licht, das dem siebentorigen Theben je ist aufgegangen zuvor: Endlich bist du erschienen, o goldenen Tages Auge … Was? Was! Schaut nicht, sagt!

EINS: Soll es ein Gedicht werden oder ein Bericht?

ZWEI: Die Menschen wollen sich einfühlen können … ein Bild sich schaffen … auch ein inneres Bild … mehr noch ein inneres als ein äußeres … Schilderung … Gefühl … Empathie!

EINS: Wer sind „die Menschen"? Gefühle macht sich jeder selber. Wenn's um Gefühle geht, zählt nur die Einzahl. Was braucht es da uns? Ich kann nicht über die Gefühle anderer schreiben und will auch nicht. Unsere Aufgabe ist es zu berichten. Fakten.

ZWEI: Dann bitte. Bitte!

EINS *liest vor*: Erster Akt – nach dem Tod ihres Vaters Ödipus können sich Eteokles und Polyneikes nicht einigen, wer über Theben herrschen soll. Zweiter Akt – Kreon, der Bruder ihrer Mutter, schlägt vor, die beiden sollen sich die Macht teilen. Im ersten Jahr soll Eteokles herrschen, im zweiten Polyneikes und so weiter. Dritter Akt – als das erste Jahr vorüber ist, weigert sich Eteokles, die Macht abzugeben. Vierter Akt – Polyneikes stellt ein Heer zusammen und greift die Stadt an. Auf dem Schlachtfeld fallen beide Brüder. Letzter Akt – Kreon übernimmt die Macht in Theben. – Fakten! Fünf Akte, wie es sich seit Sophokles gehört.

ZWEI: Du hast den Lorbeer weggeputzt – wo ist der Baum?

EINS: Vergleiche sind Krampf, Metaphern billig. Du willst ein Gedicht schreiben, dann schreib' du ein Gedicht!

DREI: Nicht gleich so viel Polemik, bitte! Man muss die Sache historisch sehen. Ein Bericht allein sagt wenig, und was die Innensicht, das Gefühl, die Schilderung betrifft – wenn man nicht weiß woher, wohin, warum, dann sind die schönsten Bilder nichts als Schimären. Die Erzählung macht es, das

Präteritum! Also hört! *Liest vor.* Es war einmal der König von Theben, der hieß Laios, dem prophezeite das Orakel, er werde einen Sohn zeugen, der werde ihn erschlagen. Als dann seine Frau Iokaste tatsächlich einen Sohn zur Welt brachte, übergab der König das Kind einem Diener, der solle es im Wald aussetzen, auf dass es die wilden Tiere töten und fressen. Der Diener aber vertraute das Kind einem Freund an, der gab ihm den Namen Ödipus und liebte es wie einen Sohn. Als der Knabe erwachsen war, zog er in die Welt hinaus. Ein Orakel warnte ihn: Er werde seinen Vater töten und seine Mutter heiraten. Da wollte er nicht mehr nach Hause zurückkehren. Er traf einen Mann, es kam zum Streit, wer als Erster die Brücke überqueren dürfe … oder war es eine Wegenge … was spielt es für eine Rolle. Ödipus tötete den Mann. Der Mann aber war Laios, der König von Theben, sein wahrer Vater. Das wusste Ödipus aber nicht. Er zog weiter und kam nach Theben. Dort wütete die Sphinx. Sie belagerte die Stadt. Jedem, der heraus- oder hineinwollte, gab sie ein Rätsel auf … *Zu Zwei.* Nun du weiter, das kannst du schöner, nun folgt der lyrische Teil. Wie lautete das Rätsel der Sphinx?

ZWEI, *zitierend:* Sag', Menschenkind, was ist das? Einmal hat es vier Beine, dann drei, dann zwei. Wenn einer die Antwort kenne, versprach die

Sphinx, werde sie sich in den Abgrund stürzen, und die Stadt sei frei …

EINS: Und wer das Rätsel nicht lösen konnte, musste sterben. So. Das genügt. Mehr Poesie braucht's nicht.

DREI: Die Bürger verkündeten: Wer uns befreit, soll unsere Königin heiraten und König von Theben werden.

EINS *liest vor*: Ödipus löst das Rätsel. Es ist der Mensch, lautet die Antwort. Als Kind geht er auf vier Beinen, als Erwachsener auf zwei und als Greis auf drei Beinen … wenn man den Stock als Bein gelten lässt. Der Stock ist meines Erachtens die schwache Stelle in dem Rätsel.

DREI: Weiter!

EINS *liest vor:* Ödipus heiratet Iokaste – nicht wissend, dass sie seine Mutter ist. Die beiden haben vier Kinder, zwei Buben, zwei Mädchen, Polyneikes und Eteokles, Ismene und Antigone.

ZWEI: Ödipus ist ihnen Vater und Bruder zugleich.

DREI: Der Orakelspruch hat sich erfüllt.

EINS: Die Sache fliegt auf, Iokaste erhängt sich, Ödipus sticht sich mit ihrer Haarnadel die Augen aus. Er muss Theben verlassen und stirbt in Athen.

ZWEI: Eine Tragödie!

EINS: Das kannst du laut sagen.

DREI: Gebt her, ich schreib's zusammen!

ZWEI, *rezitierend:* Dort kommt Kreon, der neu zum Herrscher bestellt ist durch jüngste Fügung. Welchen Gedanken wohl wälzt er, dass er diese Versammlung außer der Ordnung durch allgemeinen Ausruf bestellt hat?

EINS: Hast nie darüber nachgedacht zu reimen? Kommt sicher noch besser an. Besonders bei denen, die eine Stadt führen wollen.

ZWEI: Leck' mich!

DREI: Ruhe!

Eins ab.
Zwei und Drei bleiben.

Dritte Szene

Kreon tritt auf.

KREON: Meine Damen und Herren, zunächst Folgendes: Sollte bereits bekannt sein, dass Macht in meiner Lebensplanung nie eine Rolle gespielt hat, so sehe ich keinen Grund, dies nun zu dementieren. Weil sich kein anderer findet – weil kein anderer da ist, der ein Recht vorzuweisen hätte, Theben zu führen, und die Stadt nicht vor die Hunde gehen soll, stelle ich mich der Verantwortung und spreche es auch offen aus. Ich traue niemandem, der den Mund hält, wenn er reden soll, und reden soll einer, wenn die Stadt ein Anrecht hat auf seine Meinung. Und wenn einer sagt, er entscheide sich erst für eine Meinung, wenn allgemein bekannt ist, was die Mehrheit sich wünscht, dann gehört er meiner Meinung nach zu den Verachtenswürdigen. Wenn Sie Fragen haben? Doch erst noch Folgendes: Ich bin kein geübter Führer. Ich weiß gar nicht, wie einer üben könnte, ein Führer zu werden. Was ich aber weiß: Meine persönlichen Interessen, sollten sie den Interessen der Stadt widersprechen, werde ich niemals nie – niemals nie! – in meinen Beschlüssen berücksichtigen. Privat contra Staat. Ich bin der Staat. So lautet mein Schwur. Und wenn es mein eigenes Leben kostet und das Leben meiner Liebsten: Nicht ich bin Ich, der Staat ist Ich. Ich werde nicht den Staat fragen, was er für mich tut, ich werde mich fragen, was ich für den Staat tun kann. Falls Sie etwas anmerken wollen? Doch erst noch Folgendes: Eteokles ist der Gute von den Söhnen des Ödipus. Er ist im Kampf für diese Stadt gefallen. Darum soll er begraben werden mit allen Ehren …

DREI: Ein Guter war er nicht. Er hat immerhin die Abmachung gebrochen.

ZWEI: Da hat er recht. Eteokles hat nach der Frist dem Bruder nicht die Herrschaft überlassen.

KREON: Dann ist also Polyneikes der Gute?

DREI: Er war immerhin im Recht.

KREON: Dann ist es also recht, die eigne Stadt mit einem fremden Heer zu überfallen?

ZWEI: Man kann es so sehen oder so …

DREI: … ein Fall der Abwägung …

KREON: Der Abwägung? Aha. Aha. Aha. Dann will ich also abwägen. Und meine Waage, und ich sag's nur einmal und darum laut … *Laut.* … neigt sich zu Ungunsten des Mannes, den ihr so glühend wollt verteidigen …

ZWEI: … nicht glühend …

DREI: … eigentlich auch nicht verteidigen …

KREON: In Zeiten der Krise gibt's nur heiß oder kalt. Lau ist Lüge. Lau ist Verrat. Eteokles zieht hinüber in Ehren, Polyneikes sollen die Hunde fressen und die Vögel und dann die Würmer und die Käfer, wenn sein Fleisch verfault ist auf dem Feld und sogar Hund und Rabe sich vor seinen Resten ekeln. Kein Krümel Erde soll ihn bedecken! Wer zuwider handelt, stirbt! Kein Krümel! Das ist Gesetz! Sollten Sie der Meinung sein, dem gibt es noch etwas hinzuzufügen, dann bitte jetzt!

ZWEI: Nein, nichts, nicht, dass ich wüsste.

KREON: Nur zu! Das Wort ist frei.

DREI: Alles ist gesagt. Mehr wäre gedoppelt und gedreifacht.

KREON: Ich war offen und ehrlich. Seid ihr es auch!

ZWEI: Die Verhandlung war fair. Fast möchte ich sagen, friedlich.

DREI: Im historischen Kontext einwandfrei. Ich möchte sogar fast sagen, demokratisch.

KREON: Dann achtet auf mein Gesetz! Schreibt es hoch! So hoch, dass keine Gewinnsucht heranreicht. Kann nämlich sein, dass jemand für den Frevel bezahlen will. Obacht! Noch höher schreibt es, bis nicht einmal die Hoffnung langen Arm genug hat, es anzugreifen. Mit Hoffnung hat die Gewinnsucht Männer oft schon ruiniert. Das ist der Trick der Gewinnsucht, sie schiebt die Hoffnung vor: Denn die tut, als stünde sie immer auf der Seite der Guten. Wer hofft, den schließen wir ins Herz. Darum noch einmal Obacht! Die Hoffnung ist eine Hure, zugegeben, eine hübsche ... – Darüber solltet ihr schreiben! Einen knappen, zünftigen Essay über die Hurenhaftigkeit der Hoffnung ...

Eins tritt auf. Als Bote.

EINS: Als wär's mein Stichwort. Ich hoffe ... ich störe nicht. Und hoffe zugleich ... dass ich störe. Denn wenn ich nicht störte, wär's längerfristig eine schmerzlichere Störung.

KREON: Solche Wortspiele lassen auf Furcht schließen. Wovor fürchtest du dich?

EINS: Vor dem Klassiker der Furcht.

KREON: Wortspiel und Anspielung sind die Rede des Feiglings. Red' oder verschwind'!

EINS: Um mich zu erklären – der Klassiker lautet: Der Bote wird für die Botschaft gehaut.

KREON: Also wofür soll ich dich hauen? Nicht, dass ich es nicht gern täte.

EINS: Erst eine Zusicherung. Dass, was immer ich mitzuteilen habe, ich dafür nicht zur Rechenschaft gezogen werde. Ich bin außer Atem. Man kann es hören. Zwei Seelen hecheln in meiner Brust. Die eine befiehlt: Lauf' und melde! Die andere warnt: Was geht es dich an? Du erwartest Lob und wirst Schimpf ernten. Im günstigsten Fall. Wahrscheinlicher sind Prügel …

KREON: Suche einer eine Definition für Kriechertum – hier steht der Prototyp. Red' endlich!

EINS: Ich hoffe, es gibt ein Schicksal. Die meisten hoffen, es gibt keines. Ich hoffe, weil ich glauben will, es kann mein Schicksal nicht sein, für eine gute Tat bestraft zu werden.

KREON: Elende Kreatur! Ich straf' dich, ja, ich straf' dich! Aber nicht, weil du mir sagst, was du zu sagen hast, sondern weil du zögerst. Man kann sich über

Gebühr interessant machen wollen. Das Ergebnis ist dann weder interessant noch irgendwelcher Gebühren wert. Du siehst, ich kann auch mit den Worten spielen. Zum letzten Mal: Rede!

Pause.

EINS: Es ist geschehen.

ZWEI: Was?

DREI: Gleich hast du auch uns zu Gegnern! Was ist geschehen?

EINS: Der Tote …

DREI: Was?

ZWEI: Ist auferstanden?

KREON: Was bin ich umgeben von blankpolierten Idioten!

EINS: … er ist mit Erde bedeckt worden.

ZWEI: Mit einem Krümel?

DREI: Gleich schaufelweise?

EINS: Grad, wie es genug ist. Mit einer feinen Schicht aus Staub. So fein, dass man glauben möchte, die Liebe persönlich hätte ihn gestreut.

KREON: Aha! Kaum ausgesprochen das Verbot, und schon gebrochen. Aha. Aha. Aha. Aha. Aha.

EINS *zu Drei:* Was hat er? Ist er irre geworden?

DREI: Zu viele Ahas sind ein Zeichen der Schwäche. Sagt die Erfahrung.

KREON: Sollte weiters bekannt sein, dass ich nach hinten besser höre als nach vorne, dann werde ich auch das nicht dementieren. Und noch eins drauf: Mehr als den Verbrecher verachte ich den, der vom Verbrechen weiß, aber zu feig ist, es zu melden …

EINS: Das kann auf mich nicht zutreffen …

KREON: Ich war noch nicht fertig. Am meisten verachte ich den, der seine Feigheit zwar überwindet, aber nicht aus Ehrlichkeit heraus, sondern aus Gier. Es ist wohl wahr: Die Gier kann einen Mann mutig erscheinen lassen. Doch eines vergisst er: Für die Wahrheit wird nicht bezahlt. Die Wahrheit soll gratis sein für alle. Hast du erwartet, ich bezahl' dich für deine Botschaft?

EINS: Erwartet … meine Güte … erwartet …

KREON: Wer war's?

DREI: Er will wissen, wer den Toten, in diesem Fall den bösen von den beiden…

ZWEI: … mit Staub bedeckt hat, dem verbotenen, aber liebevollen …

KREON: Und?

ZWEI: Und?

DREI: Und?

Pause.

EINS: Ich weiß es nicht.

KREON: Aha. Aha. Aha. Dann weiß ich etwas anderes und gleich zweierlei: Wer immer es war, die Strafe soll zweifach grausamer sein, als erst gedacht. Zweitens: Ihr, die ihr den Leichnam hättet bewachen sollen, einen Tag geb' ich euch Zeit, einen Tag minus die Nacht. Kriegt raus, wer es getan hat! Die Nacht nämlich werdet ihr nicht überleben, wenn ich keine Nachricht bekomme. Und ich sag's gleich dazu: Ein „Wir wissen es nicht" kann ich nicht als Nachricht gelten lassen. Dann sollt ihr hängen. An einem warmen, weichen, liebevollen Strick, auf dass es lange daure, bis euch die Luft ausgeht. Der Staat ist stark nur, wenn er sich keine Schwäche erlaubt.

Kreon ab.

EINS: Ich mach' mich fort. Hier gibt's für mich nichts zu gewinnen. Stricke hab' ich selbst genug zu Haus'. Brauch' keinen neuen. Die alten sind noch gut genug.

Eins ab.

Vierte Szene

DREI: Jetzt könnt' ich tatsächlich ein bisschen Lyrik vertragen.

Zwei sucht in seinen Blättern.

ZWEI: Dieses? Nein … Doch eher … nein … dieses hier später vielleicht … Das hier. Das ist gut. Bereit?

DREI: Sekunde … Jetzt.

ZWEI *liest vor:*
Zahlreich ist das Ungeheure, doch nichts
ungeheurer als der Mensch:
Dieses Wesen fährt im Sturm übers Meer
und schlägt sich durch verschlingenden
Wogenschwall.
Die Erde, die unerschöpfliche, beutet es aus,
die Vögel fängt es und die Fische, das kluge Ding.
Mit List und Kunst bezwingt es das Wild.
Auch die Sprache brachte es sich bei
und windschnelles Denken und den
Trieb, Städte zu ordnen.
Unbewandert in nichts drängt es in die Zukunft.

Vor dem Tod allein wird es kein Entrinnen
gewinnen.
Aus Krankheiten aber fand es heraus.
Geschickt ist es, höher fahrend als alle Hoffnung.
Bald zum Bösen, bald zum Guten rast es.
Das Gesetz will es ehren *und* sein Gewissen.
Das Erste macht es sich selbst unter dem gestirnten
Himmel,
das Zweite, sagt es, trägt es im Herzen.
Was, wenn das eine sich hält, nur wenn das andere
fällt?

DREI: Sehr gut! Auf den Punkt! Gesetz oder Gewissen – das ist hier die Frage.

Sie wenden sich um.

ZWEI: Oh! Siehst du?

DREI: Oh!

ZWEI: Ein Schreckensbild!

Fünfte Szene

Eins tritt auf mit der Gefangenen Antigone, sie hat das Gesicht verhüllt.

EINS: Die ist es! Die war es! Die hat es getan!

ZWEI: Und da kommt auch schon Kreon.

DREI: Zur rechten Zeit, muss schon sagen, Hut ab!

Kreon tritt auf.

KREON: Zu welchem Vorfall komm' ich wie gerufen? Was gibt's, sag' du!

EINS: Ich hab' nicht gerufen. Ich bin nur da. Hätt' nicht gedacht, ich komm' noch einmal wieder. Hätt' ich's geschworen, ich hätt's verschworen. Was, bittschön, ja nicht heißen soll, dass ich ein Verschwörer bin …

KREON: Der Schwätzer wieder! Deine Wortspielerei macht dich verdächtig, hab' ich's nicht gesagt? Wer ist das?

EINS: Die da? Wer die ist? Wollt Ihr das Gesichtchen sehen? Sofort, sofort. Ein kleines Vorwort sei mir, bitte ich, gestattet. Zum Thema: unverhoffte Freude. Die Hoffnung, sagtet Ihr, sei eine Hure. Doch wenn ihr Freier die Freude heißt, dann ist ihr an Größe kein andres Hochgefühl gleich. Und schon Ende des Vorworts. Die da? Die haben wir aufgegriffen, als sie das Grab für Polyneikes bestellte. Erlaubt mir weiters einen Kommentar. Diesmal haben wir nicht ausgelost, wer Euch die Nachricht bringt. Ich hab' mich vorgedrängt. Auf dass der Bote werde belohnt für die Botschaft …

Eins zieht Antigone den Schleier vom Gesicht.

KREON: Antigone!

DREI *flüstert zu Zwei:* Jetzt wird sich's zeigen, ob er, wie er groß tat, die eigne Sache nicht vor die Sache der Stadt stellen wird.

ZWEI *flüstert zurück:* „Niemals nie", hat er gesagt. Gleich zweimal. Ich hab's protokolliert. Ich werte es als vierfachen Schwur. Erstens niemals, zweitens nie. Und dann alles zusammen noch einmal. Also mal zwei das Ganze. Macht vier.

KREON: Und auch hat er gesagt: Was ihr hinter seinem Rücken redet, höre er genauer und deute es präziser, als wenn ihr es ihm grad ins Gesicht hineinplärrt.

Kreon sieht Antigone lange an, nimmt ihre Hände, wendet sich schließlich von ihr ab.

KREON *zu Eins:* Wie und wo habt ihr sie aufgegriffen? Klar und kurz! Ich hoffe für dich, dass du begreifst, was du sagst.

EINS: Begraben sah ich sie den Toten, den du zu begraben verboten hast. Drück' ich mich klar und deutlich aus? Ich frag' nur.

KREON: Im Detail nun! Flott!

EINS: Ich – weg von hier. Hin zum Feld. Die Freunde noch dort. Der Tote noch dort. Riecht schon. Erste Verwesung. Ich – übernehme die Einsatzleitung. Wegputzen den Staub vom Toten. Staub zu einem Haufen. Er nun blank. Wir setzen uns abseits. Wind im Rücken. Wegen Gestank. Warum müssen Tote so riechen? Wenn's einen Gott gibt, war das ein Versehen oder ein Fehler oder Absicht? Weiter im Detail und flott! Wir schlafen nicht, wir schimpfen, damit wir nicht schlafen. Grad geht die Sonne auf. Ein Wind. Genug Wind, dass er den Staub aufwirbelt. Der Staub vom Haufen. Fehler unsererseits, hätten Haufen weiter weg vom Toten deponieren sollen. Staub in unseren Augen. Sehen nichts. Hören aber. Wehklagen. Schrill wie Vogelweibchen, wenn Junge geraubt. Und Flüche. Flüche gegen … gegen … ich sag's nicht … gegen …

KREON: Gegen mich. Weiter!

EINS: Sehen nun langsam wieder. Dieses … dieses Fräulein hier sehen wir … Krug im Arm … Krug mit Erde … Erde über den Toten. Wir packen sie. Fragen sie. Sie gibt alles zu. Streitet nichts ab. Ich einerseits froh, fast glücklich. Warum?

KREON: Weil dich das bei mir einschmeichelt. Andererseits? Weiter!

EINS: Andererseits … Darf ich jetzt normal sprechen? Ich kenne sie ja, ich kenne sie schon, seit sie ein Kind war, ein liebes Kind war sie, ernst, aber lieb. Kein Wunder, dass sie ernst war und immer geblieben ist bei der Familie. Ich hab' ihr Äpfel geschenkt, immer wieder einen. Sie hat nie gelacht. Nie in ihrem Leben hat dieses Kind gelacht. Ach! Es tut weh, jemanden zu verraten, der einem doch irgendwie nahe ist. Nahe aus der Ferne sozusagen. Noch einmal andererseits: Alles andre gilt mir, wie ich einmal bin, für nicht so wichtig wie das eigene Heil.

KREON: Scher' dich fort! *Zu Drei.* Du auch!

EINS *zu Zwei:* Du auch!

ZWEI: Leck' mich!

Eins, Zwei, Drei ab.
Kreon und Antigone allein.

Sechste Szene

KREON: Hast du es gewusst?

ANTIGONE: Ja.

KREON: Du weißt ja noch nicht, was ich meine.

ANTIGONE: Ob ich gewusst habe, dass ich sterben werde, wenn ich dem Bruder die paar Handvoll Erde gebe, die ihm zustehen. Ja, das habe ich gewusst.

KREON: Und hast es doch gewagt?

ANTIGONE: Es gibt noch einen anderen Befehl als deinen.

KREON: Fang' jetzt nicht an, von deinem Gewissen zu reden! Wer vom Gewissen spricht, der macht sich frei von weiteren Fragen.

ANTIGONE: Du hast gefragt, ich antworte. Ich antworte, obwohl ich weiß, dass es ebenso sinnlos ist, zu einem Gewissenlosen vom Gewissen zu sprechen wie zur Wüste vom Sommergarten.

KREON: Du bist der Sommergarten, ich die Wüste? Was für einen Zweck kann es haben, dass du mich beleidigst? Den, dass ich mich bekehre? Das glaubt ihr immer: Dass der Beleidigte in sich geht und denkt, vielleicht hat sie ja recht. Noch nie habe ich erlebt, dass einer durch eine Beleidigung bekehrt worden wäre. Und bekehren? Zum Verrat an meiner Stadt soll ich mich bekehren?

ANTIGONE: Die Stadt wird untergehen und zerfallen. Irgendwann. Wie alles. Staub wird übrigbleiben. Der erzählt von nichts. Der wird sich an dein Gesetz nicht erinnern und nicht an meine Worte, die du Beleidigungen nennst. Das Gewissen aber ist nicht von dieser Welt. Der jetzt stark ist, weil gewissenlos, wird drüben büßen. Und drüben ist lang. Bis die Zeit endet, und die endet nie.

KREON: Das weißt du nicht, aber du wirst es bald wissen.

ANTIGONE: Sieh' mich an! Ist da Furcht in meinen Augen? Was du mir antun willst, es ist ein Nichts an Schmerz. Wer wie ich in so vielen Übeln lebt und immer gelebt hat, seit er auf der Welt ist, den schreckt der Tod nicht. Ein treuer Schlaf nach langer Seelensklavenarbeit ist er. Sprich du mir nicht von Beleidigung! Mein ganzes Leben ist eine Beleidigung, das Leben meines Vaters, das Leben meiner

Mutter. Beleidigung! Im Wort schon sitzt das Leid. Was kannst du, Kreon, mir erzählen vom Leid? Es fällt dir bereits schwer, es richtig zu buchstabieren! Dann gut – nun auch ein letztes Leid! Wär' Polyneikes verrottet ohne ein paar Handvoll Erde als Schutz vor dem blanken Himmel – und nun spreche ich vom Gewissen, ja –, ich selbst hätte dir den Befehl gegeben, mich zu töten, Kreon, weil ich nicht nachgekommen wäre meiner Pflicht. Du bist der Bruder meiner Mutter, du hättest meinen letzten Wunsch nicht missachten dürfen. So sind wir beide einig: Antigone muss sterben! So oder so.

KREON: Das ist töricht! Antigone …

ANTIGONE: Töricht? Dann wirft der Tor mir Torheit vor.

KREON: Die Tochter ihres Vaters! So war Ödipus! Aber höre: Ich glaube nicht an die Kraft irgendeines Fluches. Der Fluch der Verwandtschaft! Und dann kann man sich alles erlauben? Schuld hat der Vater, Schuld hat der Großvater, Schuld haben die Ahnen! Nur ich, ich bin frei von Schuld. Soll es so gehen?

ANTIGONE: Du fragst dich, nicht mich.

KREON: Und dann noch: Allzu billig ist es zu behaupten, ein Orakelspruch trägt die Verantwortung für das eigene Unglück, wenn offensichtlich ist, wer allein sie trägt. Ödipus hat Laios getötet, den eigenen Vater, nicht das Orakel hat es getan. Ich töte doch einen Mann nicht, nur weil er vor mir über eine Brücke gehen will!

ANTIGONE: Noch billiger ist es, die Toten zu beleidigen. Wer das tut, mag ein König sein, ich nenne ihn König der Niedertracht.

KREON: Ja, du! Heldenhafte Tochter des heldenhaften Vaters! Verantwortung heißt, der Erste und Letzte zu sein, wenn's drauf ankommt. Verantwortung heißt nicht, sich vorschieben und sich breitmachen – seht her, ich, ich habe die Sphinx besiegt! Was für ein lächerliches Rätsel!

ANTIGONE: Und warum hast du es nicht gelöst?

KREON: Dreistigkeit adelt Frechheit nicht. Du lachst mich aus und hast noch nie gelacht in deinem Leben. Dafür gibt's Zeugen. Und was die Verwandtschaft betrifft, nur so viel: Ich habe geschworen – und auch dafür gibt es Zeugen –, dass unsere Stadt, dass mein Staat, der auch deiner ist, alle soll gleich behandeln. Gutes soll gelten auch für den, den ich nicht riechen kann, Schlechtes auch für den, der meinem Herzen nahe ist – wenn es das Recht verlangt! Unterbrich mich nicht, Antigone! Und grinse nicht! Grinsen und Lachen sind voneinander weiter entfernt als ein Pol vom anderen. Wenn es keinen über allen gibt, der entscheidet, was gut und was schlecht ist, wenn das Recht im Gärtchen jedes Einzelnen wachsen soll, ganz nach dem Belieben jedes Einzelnen, hier ein Blümchen, dort ein Gräslein, hier ein Bäumchen, dort ein Bund Zwiebeln unter der Erde – was dann? Ich sag' dir, was dann! Erst geht die Gemeinschaft unter, dann der Einzelne, sein Gärtlein verdorrt, keine Blumen, kein Gras, kein Baum. Wüste. Dann herrscht tatsächlich Wüste. Wirkliche Wüste, nicht Wüste als Metapher. Wo soll das Gewissen wohnen, wenn kein Herz mehr schlägt? Gewissen ist Luxus. Der Luxus soll dem Einzelnen gehören, der ist frei. Das Gemeinwohl kennt nur die Notwendigkeit, und die ist gerecht …

ANTIGONE: … und erbarmungslos? Und unbarmherzig?

KREON: Das Erbarmen ist Luxus und die Barmherzigkeit auch, das eine das Kettchen, das andere das Ringlein. Ich wiederhole: Das Recht trifft alle! Alle! Und darum! Darum kann ich bei dir, Antigone, nicht haltmachen … Es soll dir nicht gelingen, dich als einziges Opfer aufzuspielen und damit groß zu tun über deinen Tod hinaus: Ich, ich, ich, ich allein …

ANTIGONE: Was heißt das?

KREON: Das heißt …

ANTIGONE: Was! Willst du noch Ärgeres, als mich töten? Soll es eine Steigerung geben über den Tod hinaus, von der nur du weißt?

KREON: Ich will, was notwendig ist.

ANTIGONE: Und wie lautet der Name deiner Notwendigkeit?

KREON: Ich frage dich: Hast du es allein geplant?

ANTIGONE: Im Austausch mit meinem Gewissen. Ja.

KREON: Hast niemanden eingeweiht?

ANTIGONE: Mein Gewissen hat mich geweiht.

KREON: Du weichst aus. Das sagt genug. Was ist mit der Schwester? Was ist mit Ismene? Man hat euch gesehen. Was sagst du, wenn ich behaupte, man hat euch gehört? Wiegelt sie auf? Hetzt sie? Du offen gegen mich, sie im Geheimen? Hab' ich's erraten? Also ihr beide! Das alte verfluchte Blut!

ANTIGONE: Ismene hat sich gegen mich gestellt, nicht gegen dich.

KREON: Ist diese Version ausgemacht zwischen euch? Um mich zu verwirren …

ANTIGONE: Du redest wie einer, der sich vor allem und jedem fürchtet. Und ich sage dir: Du hast allen und jeden Grund, dich zu fürchten …

KREON: Ich rede wie einer, der auf der Hut ist. Der auf der Hut sein muss. Weil ich der Hüter der Stadt bin. Also! Steckt ihr zusammen, Ismene und du? Hat sie dich aufgehetzt? Sag' es! Wenn sie es war, sag' es, dann kommst du frei. Das ist mein Angebot.

ANTIGONE: Du machst dich selbst zum Narren! Du weißt, dass meine Schwester nichts damit zu tun hat. Was du an uns anrichten willst, ist nicht Recht, sondern Rache. Rache an unserem ganzen Geschlecht. Und weißt nicht oder weißt es wohl, dass du selbst im selben Fluch dich drehst und dass du selber drankommst früher oder später wie jeder Punkt im Kreis, wo endlich Schluss sein müsste! Siehst du's nicht, hörst du's nicht, weißt du's nicht? Ja, nimm mich für alle andern! Und denke, es genügt, um dich selbst von dem verhassten Blut zu reinigen. Aber das geht nicht, du, das geht nicht!

Blut, Schuld und Leid haben sich eingefressen in die letzten Poren unsrer Haut, auch deiner Haut, Kreon, Bruder unsrer Mutter. Du willst dich reinigen durch mein Opfer? Das wird niemand in deinem Staat verstehen. Das wird jeder in deinem Staat durchschauen. Und es wird an dir hängenbleiben. Was Menschen Übles tun, das überlebt sie.

KREON: Billige Sentenzen! Abgeschautes! Wer nicht weiß, was er sagen soll und wie, der borgt sich die Worte aus.

ANTIGONE: Glaubst du, alle Bürger dieser Stadt sind gewissenlos wie du?

KREON: Und du glaubst, wer ein Gewissen hat, der ist wie du. Was ist ein Gewissen?

ANTIGONE: Wer es zu Wort kommen lässt, der weiß es.

KREON: Worte, Worte, Worte! Ich sag' dir, was sie sagen werden, die Bürger dieser Stadt: Sie werden sagen und sagen's jetzt schon: Ist der Antigone der eine Bruder mehr wert als der andere? Wenn ja, warum? – Lass mich ausreden! – Ist Eteokles nicht besser als Polyneikes, der immerhin unsere Stadt angegriffen hat, während sein Bruder sie verteidigte bis in den Tod? Das sagen die Bürger! Ich weiß, was du dem entgegenhalten willst, Antigone. Dass immerhin Eteokles es war, der sich nicht an die Abmachung gehalten hat. Dass er den Anlass gab für den Krieg. Hätte er dem Bruder die Herrschaft gelassen für ein Jahr, wie vor Zeugen beschlossen – wie von mir vorgeschlagen! –, dann wär' uns die Malaise erspart geblieben. Ja. Ich sage: Ja, das ist die Wahrheit. Du hast recht! Aber: Soll ein Konflikt gelöst werden, indem die Stadt zerstört wird und das mithilfe eines feindlichen Heeres? Das eine heißt Streit, das andere heißt Krieg. Wer den Unterschied nicht kennt, soll die Hände von der Macht lassen. Er weiß nicht, was Verantwortung ist. – Jetzt darfst du reden, Antigone.

ANTIGONE: Das alles geht mich nichts an! Hättest du dir andere Argumente zurechtgelegt und befohlen, Polyneikes soll in allen Ehren begraben werden und Eteokles soll von den Hunden und den Vögeln, den Würmern und den Käfern gefressen werden, dann hätte ich Erde geschüttet über Eteokles …

KREON *unterbricht sie, pfeift und ruft:* Die Ismene bringt mir her!

ANTIGONE: Lass' sie! Was kannst du davon haben, jemanden zu bestrafen, der nichts getan hat als zu zittern? Angst zu haben ist kein Unrecht. Ebenso wenig, wie mutig zu sein, eine Pflicht ist. Es gereicht dem Wolf nicht zur Ehre, wenn er das lahme Häschen reißt.

KREON: Feind ist Feind. Gewiss wird nie der Feind, auch nicht im Tod, zum Freund.

ANTIGONE: Gewiss nicht, um den Feind zu hassen, nein, um den Freund zu lieben, lebe ich.

KREON: Du predige mir nicht! Treib', was du Liebe nennst, wo du es treiben willst – hüben oder drüben. Der Schrecken, wenn er nottut, fragt nicht, wen er erschrecken soll.

Siebte Szene

Eins, Zwei, Drei bringen Ismene.

ZWEI: Eine Wolke über den Brauen entstellt ihr Gesicht, benetzt von Tränen die Wangen.

EINS: Ironie oder Poesie? Ernst jetzt?

DREI: Vorsicht mit Kommentaren! Kommentaren aller Art!

KREON *zu Antigone und Ismene:* In meinem Haus hab' ich euch großgezogen. Aus Barmherzigkeit – weil dieses luftige Ding vor einer Minute erst beschworen worden ist. Barmherzigkeit, jawohl, und was als Tausch dagegen? Hinterlist. Zwei Nattern!

ANTIGONE: Lass' sie! Unschuldiger als sie kann selbst in deinen Augen keiner sein.

ISMENE: Schwester, ich bin bei dir auf deiner Leidensfahrt.

ANTIGONE: Die nur mit Worten lieben, die mag ich nicht.

ISMENE: Dann bitte ich dich um Verzeihung.

ANTIGONE: Wofür? Dass du nicht sterben wolltest mit mir? Eigne dir nicht an, was du nicht getan. Mein Tod genügt.

ISMENE: Und wie soll ich weiterleben, wenn du stirbst? Der Vater tot, die Mutter tot, die Brüder tot … und nun auch du …

ANTIGONE: Frag' ihn! Den! Der dasteht mit verschränkten Armen und uns anschaut, ob wir jammern. Ich jammere nicht. Tu's auch du nicht! Oder tust du es ihm zum Gefallen?

ISMENE: Was kränkst du mich und hast doch nichts davon.

ANTIGONE: Ich neide dir dein Leben nicht. Du brauchst nicht sterben zu wollen, Närrin. Ich bin längst tot.

KREON: Ich stehe da und schau' euch zu, das ist wahr. Ihr seid verrückt! Lieber wär' mir, ihr wärt es nicht. Verrückte zu richten, riecht nach Willkür.

ISMENE, *laut und lauter werdend:* Und du? Was bist du? Weißt du es nicht? Weißt du gar nichts? Hast nie gefragt nach ihr, nach mir, nach irgendeinem anderen? Dass meine Schwester und ich dir nichts bedeuten, das wissen wir, das wiegt auch nichts. Doch Haimon, dein Sohn! Hast du keinen Gedanken für ihn? Weißt du denn nicht, dass er der Liebste ist von ihr? Dass sie die Liebste ist von ihm? Dass Antigone Haimons Braut ist? Das weißt du nicht? Wenn sie Kinder kriegt, werden es deine Enkel sein! Du wirst sie auf deinen Knien reiten lassen und wirst glücklich lachen über sie. Das weißt du nicht? Wo es doch jeder weiß in Theben! Haimon liebt Antigone! Jeder weiß es, nur der Vater nicht? Antigone liebt Haimon! Deinen Sohn macht sie glücklich! Jeder freut sich darüber, nur der Vater nicht? Jeder sagt, nun wird alles gut, nur der Vater schert sich nichts um das Glück seines Sohnes? Weil ihm die Quelle des Glücks, diese Frau hier, nicht passt?

KREON: Das Glück wandert auf nackten Füßen. Es ist mehr darauf bedacht, sich selbst zu schützen, als andere zu beschenken. Ein falsches Weib für meinen Sohn, wie könnt' ich das begrüßen! Außerdem: Es gibt noch andre Äcker zu bepflügen. Und du! Schrei' du mich nicht mehr an!

ISMENE: Andre Äcker?

KREON *stellt sich nahe vor sie hin:* Du! Ha! Was willst du mir? Was? Was!

Ismene senkt den Kopf, wendet sich ab.

ANTIGONE: Liebster Haimon, du erbarmst mich bei diesem Vater …

KREON: Und du, du, du halt's Maul!

EINS *flüstert Zwei zu:* Jetzt redet er wie du, wenn dich die Poesie verlässt.

ZWEI: Leck' mich!

KREON: Still, ihr Hunde! Geht und fresst die Leiche! Macht vorwärts, gleich gibt's Nachschub!

Kreon ab.
Eins und Zwei führen Antigone und Ismene ab.

Achte Szene

DREI: Trifft der Fluch das Haus von oben, dann fehlt es nicht an Wahnsinn. Der Fluch ist wie die Faust vom Himmel, die schlägt ins Dach und bricht durch von Stockwerk zu Stockwerk bis in den Keller.

Stille. Nachdenken. Stille.

DREI: Kadmos hat den Drachen getötet, er hat ihm die Zähne aus dem Maul gerissen und sie ausgesät, als wären es Weizenkörner. Aus den Drachenzähnen wuchsen blutrünstige Männer, harte Männer, die gründeten die Stadt. Des Kadmos' Sohn, Polydoros, gab der Stadt den Namen Theben, er machte die Stadt stark, sodass die Menschheit von Horizont zu Horizont vor ihrer Macht und ihrem Zorn sich fürchtete und alle sie hassten. Amphion und Zethos errichteten die Mauer und die sieben Tore, die Stadt trotzte den Angreifern, und es waren viele. Labdakos, des Polydoros' Sohn, schloss schließlich Frieden. Er holte Geschäftsleute nach Theben, auf dass die Stadt zu all ihrer Macht nun auch noch reich werde, und sie wurde reich. Als er starb, bestieg sein Sohn Laios den Thron, er zeugte Ödipus, und der den Eteokles und den Polyneikes und die Ismene und Antigone. Ein Geschlecht löst das nächste ab. Eine Pracht verdrängt die nächste. Geld schlägt Geld. Ruine fällt auf Ruine. Die Hoffnung irrt ruhelos, hilft und täuscht, täuscht helfend, hilft täuschend, schreiend wie Feuer in der Sonne, bis dem, der an nichts denkt, die Sohle brennt.

Stille. Nachdenken. Stille.

DREI: Wahnsinn kann wohltun. Wenn er von der Sorte ist, die weder Zukunft kennt noch Vergangenheit. Wahnsinn, der vor sich sieht, was ist, doch nicht erkennen kann, was ist, weil er nicht weiß, was war, und nicht, was sein wird … – Oh, da kommt Haimon und hinter ihm her sein Vater. Ich mach' mich dünn.

Drei ab.

Neunte Szene

Kreon und Haimon treten auf. Kreon läuft hinter Haimon her.

KREON: Haimon!

HAIMON: Was?

KREON: Haimon, hör' mir zu!

HAIMON: Ich hör' dir immer zu, Vater, ich dir ja.

KREON: Was heißt das?

HAIMON: Du mir nie.

KREON: Dann gut. Ich höre. Ich will nicht mit dir streiten. Du willst es. Ich dulde es. Obwohl ich ahne, es wird das Plädoyer des Staatsanwaltes, und ich bin der Angeklagte.

HAIMON: Du? Der Angeklagte? Ein umgedrehter Witz!

KREON: Nein, um einen Witz zu machen, bräuchte es einen, der lacht. Ich sehe keinen. Sprich!

Lange Stille.

HAIMON: Vater.

KREON: Ja.

Lange Stille.

HAIMON: Ich liebe sie.

KREON: Die keinen Namen hat?

HAIMON: Antigone.

KREON: Ja.

HAIMON: Nur ja? Nicht mehr?

KREON: Ja.

HAIMON: Ein Wort aus zwei Buchstaben. Das ist der ganze Kommentar des Vaters zu Glück oder Unglück des Sohnes?

KREON: Ja.

HAIMON: Ja.

KREON: Ich sag': Ja. Du, und was du Liebe nennst, ihr sagt zu allem: Nein. Nein zum Gesetz. Nein zu dem, was für alle gilt. Nein. Mit Nein lenkst du keinen Staat. Es gibt Männer, die beten. Wusstest du das, Haimon?

HAIMON: Wer beten will, soll beten. Ich bete nicht. Und du auch nicht. Ich habe dich nie beten sehen. Was soll's!

KREON: Und weißt du, worum sie beten, wenn sie beten, die Männer?

HAIMON: Du wirst es mir gleich sagen.

KREON: Sie beten darum, Söhne zu zeugen, die loyal sind, wenn es gilt, den Feind zu bekämpfen.

HAIMON: Wer immer auch der Feind ist?

KREON: Wer immer auch der Feind ist, ja. Ein Vater ist mehr als ein Vater. Nimm ihn auch … als ein Gleichnis … ein Symbol.

HAIMON *lacht:* Was soll dann noch der Sohn? Ist der auch ein Gleichnis, auch ein Symbol? Und wenn nicht? Erlischt er dann wie die Kerzenflamme zwischen Daumen und Zeigefinger?

KREON: Du verstehst es und willst es nicht verstehen. Ich sage nicht, ich bin ohne Fehler, das sag' ich nicht, Haimon. Aber ich sage: Es ist besser, es wird einmal falsch entschieden, als es gibt niemanden, der entscheidet. Souverän ist, wer entscheidet. Die erste Frage lautet nicht: Was wird entschieden? Sondern: Wird entschieden?

HAIMON: Und wenn falsch entschieden wird, was dann? Wird dann die Entscheidung korrigiert, lieber Vater?

KREON: Deine Sorge gilt nicht dem Staat.

HAIMON: Ganz gewiss nicht, nein!

KREON: Haimon! Es würde eine frostige Umarmung! Ein schlechter Freund schlägt uns schlimmere Wunden als jeder Feind. Und der schlechteste Freund eines Mannes ist eine schlechte Frau.

HAIMON: Und ich dachte ein schlechter Vater.

KREON: Ich habe einen Entschluss gefasst: Polyneikes darf nicht begraben werden. Ist der Entschluss falsch? Wie würde der richtige lauten – Eteokles darf nicht begraben werden? Es käme aufs Gleiche hinaus. Dir, mein Sohn, sage ich es: Es war und ist mir einerlei! Beide waren schlecht. Ich hätte eine Münze werfen können, Kopf der eine, Zahl der andre. Beide brachten genügend Schlechtes mit aus ihrer Sippschaft, um eine ganze Stadt mit allen ihren Bürgern zu vergiften. Du, Haimon, sagst zu allem Nein. Es ist bequem, Nein zu sagen, denn wer Nein sagt, der irrt nicht so leicht wie der, der Ja sagt. Und wenn er irrt, wird er nicht zur Verantwortung gezogen.

HAIMON: Am besten dran ist, wer gar nichts sagt. Das meinst du? Das meinst du doch! Und meinst damit mich.

KREON: Wer einen Staat lenken will, der muss Ja sagen. Nein heißt: Bewegt euch nicht! Ja heißt, einen Weg zu weisen.

HAIMON: Ich bin … ich weiß nicht, wer ich bin … aber was ich nicht bin, das weiß ich: ein Wegweiser.

KREON: Haimon. Du sagst „lieber Vater" zu mir, ich will nicht fragen, ob du's ernst meinst, ich will glauben, du meinst es ernst. Lieber Sohn, sag' ich dagegen. Theben ist in einer Krise. Geh' hinaus auf die Straße, was hörst du? Du hörst: Theben ist in der Krise. Damit meint der Bürger: Niemand ist da, der uns sagt, wohin wir gehen sollen. Ich sage es. Ich sage: Der da ist schlecht. Mit dem Finger auf jemanden zu zeigen, ist ein Entschluss. Hätt' ich auf Eteokles gezeigt, mir wären nicht weniger

Argumente eingefallen, ihn schlecht zu machen. Aus dem Entschluss folgen Gebot und Verbot. Antigone hat mein Verbot missachtet. Ich weiß, die Jugend will sich jenen anschließen, die verlieren, damit sie sich nicht eines Tages für die Taten der Sieger schämen müssen. Aber entweder das Recht ist immer Sieger, oder der Staat geht unter. Für das Recht soll sich niemand schämen.

HAIMON: Fertig? Lange Rede.

KREON: Und hast du zugehört?

HAIMON: Ich, Vater, ich komme von der Straße. Und ich höre, was die Bürger von Theben sagen.

KREON: Hör' nicht auf das Gerede der Straße, Haimon!

HAIMON: Du meinst, wenn der Bürger nur Bürger und nicht zudem ein Symbol ist, dann braucht man nicht auf ihn zu hören?

KREON: Du spottest um des Spottes willen und meinst, das erspart dir das Nachdenken.

HAIMON: Die Bürger klagen um dieses Mädchen! Dass sie, die es von allen Frauen zuletzt verdient, aufs Schlimmste sterben soll für eine Tat, um die sie bewundert wird! Weil sie nicht zusehen will, wie die Hunde und die Vögel ihren Bruder zerreißen! Ihren Bruder aus Fleisch und Haut und Knochen und Sehnen! Nicht ein Symbol aus Worten, die weg sind, wenn der Mund zu ist! Ich will dir nichts Schlechtes, Vater. Ich will dir Gutes. Und ich habe „lieber Vater" gesagt nicht aus Spott. Ich will das Gute in dir sehen, Vater. Zeig' es mir! Ich bin dein Sohn, und wenn wir beide sprechen wollen, so hast du das Recht als Erster. Aber es ist für einen Vater keine Schande, sich von seinem Sohn belehren zu lassen.

KREON: In unserem Alter sollen wir also noch Vernunft uns lehren lassen von einem jungen Mann?

HAIMON: Wenn das Argument des jungen Mannes die Liebe ist?

KREON: Die Liebe …

HAIMON: Wann hast du dieses Wort zuletzt ausgesprochen?

KREON: Und Liebe heißt, Gebote und Verbote brechen?

HAIMON: Geh' hinaus, hör' hinaus! Das Volk zweifelt nicht an deinen Entschlüssen, die Menschen wollen nur, dass Antigone nicht deinen Entschlüssen geopfert wird.

KREON: Geb' ich nach …

HAIMON: … dann wird das Volk dich bejubeln …

KREON: … und in Hinkunft keinem meiner Entschlüsse mehr trauen. Daran denkt ihr nicht, weder du noch dein Volk. Sie werden sagen: Das ist kein Staat, der nur dem Vorteil eines Mannes dient. Unsere verdammte Verwandtschaft! Wie ich sie hasse! Nichts steht meinen Wünschen und den Bedürfnissen der Stadt mehr entgegen als die verdammte Verwandtschaft! Ich verfluche sie, und alle sollen es wissen, und alle wissen es! Und dennoch werden die Leute sagen: Seht her, er macht bei seiner Nichte eine Ausnahme! Sie werden sagen: Sie haben doch alles, was ist ihr Problem? Auf den Jubel, Haimon, ist gepfiffen! Ich brauche diesen Jubel nicht! Wer dem Volk huldigt, um bejubelt zu werden, der will ihm entweder etwas verkaufen oder will es berauben. Wo ist der Unterschied?

HAIMON: Du regierst ein leeres Land.

KREON: Was? Nein. Vielleicht leere Herzen. Aber für den Inhalt der Herzen bin ich nicht zuständig.

HAIMON: Ich sorge mich um dich, Vater. Dein Herz ist leer.

KREON: Alles, was ich bin, ist mein Verstand! Dies soll bedenken jeder, der sich für die Politik entscheidet: Der Verstand braucht alle Reserven für sich, soll der Staat funktionieren. Was oben zu wenig ist, holt er sich in der Mitte. Der Stolz des Staatsmannes ist sein leeres Herz.

HAIMON: Gibt es etwas Trostloseres?

KREON: Du redest Unsinn! Das Wort bereits ist Unsinn. Trostlos heißt: kein Trost. Was nicht ist, lässt sich nicht steigern.

HAIMON: Nur reden, reden, reden willst du und nicht hören.

KREON: Dann hör' du! Hör' zu! Meine Antwort lautet:

Stille.

KREON: Nein!

Sie starren einander an.

HAIMON: Du wirst mich lebend nicht mehr sehen.

Haimon ab.
Stille.

KREON: Wer jung ist, redet und meint, er höre zu, und hört aber nicht zu, und redet gern über Dinge, von denen er nichts versteht, weil es nichts zu verstehen gibt, und redet deshalb mit Vorliebe über den Tod. Die Jugend denkt, man legt sich nieder und stirbt, und wenn man ausgeschlafen ist, steht man auf zu einem süßen Frühstück, und wenn's sein muss, stirbt man am selben Tag noch ein halbes Dutzend Mal. „Du wirst mich lebend nicht mehr sehen!" Ab vierzig glaubt er an den Tod, der Mann, dann wird die Stimme leiser.

Eins und Drei treten auf.

EINS: Der Entschluss steht also fest – darf ich das notieren?

KREON: Man hat gelauscht.

EINS: Das ist unsere Pflicht. Aber keine Sorge, wir denken nicht, wir berichten bloß.

KREON: Was fragt ihr dann? Der Entschluss stand fest im Augenblick, da er gefällt wurde.

DREI: Habt Ihr wirklich im Sinn, beide hinzurichten?

KREON: Was?

EINS: Antigone und Ismene?

KREON: Was? Ja. Nein. Nicht die, die nicht daran gerührt. Da habt ihr recht. Ein Maß an Gnade soll sein … das mildert den Entschluss nicht. Was denkt ihr?

EINS: Wer wird gefragt?

KREON: Du zum Beispiel!

EINS: Wie ich sagte: Denken nein, berichten ja.

KREON: Und du?

DREI: Und welche Todesart denkt Ihr der einen zu? Im Detail, wenn es geht.

KREON, *laut:* Also schreibt: Sie soll eingeschlossen werden in ein Kellerloch, wo kein Fenster ist, und die Tür soll zugemauert werden bis obenhin. Nahrung grad so viel, dass keiner sagen kann, zur Gerechtigkeit sei dann noch der Geiz gekommen. Dort soll sie zu ihrem Gewissen beten.

Kreon ab.
Drei ab.

Zehnte Szene

EINS: Tja … Was soll ich sagen? Was soll ich schreiben? Und ist er weg, sag' ich nun auch: Was soll ich denken? Ich werf' einen Begriff: Liebe. Da gibt es verschiedene Sorten. Wenn ich nur einige aufzählen darf: Da ist zum einen die Vaterliebe, ich meine, die Liebe des Vaters zum Sohn. Noch nie hat einer eine Liebe getroffen, deren Säulen nicht Wünsche sind. Und was ist der Wunsch des Vaters? Dass der Sohn so werde wie er. Was man umgekehrt von der Sohnesliebe nicht sagen kann. Denn der Vater war längst mit sich selbst fertig, bevor der Sohn auch nur den Mund aufmachen konnte. Die Sohnesliebe dauert nicht lang. Am Ende des Lebens erst, wenn der Vater auf den ominösen drei Beinen geht, kommt sie wieder. Aber auch nur vielleicht. Dann wünscht sie sich den Tod. Kommen wir zur Bruderliebe. Ich meine die Liebe der Schwester zum Bruder. Nehmen wir unseren Fall als Exempel, so ist sie, wenn wir sie unter die Lupe nehmen, nicht von der Pflicht zu unterscheiden. Ich liebe dich, wie es meine Pflicht ist, nicht mehr und nicht weniger – darf sich das Liebe nennen? Bleibt noch die Liebe zwischen Mann und Frau. Bis dass der Tod sie scheidet. Geschiedene Liebe aber ist halbe Liebe. So gut rechnen kann jedes

Kind. Also nicht scheiden soll der Tod, sondern Liebe über den Tod hinaus soll sein … – Was geht's mich an! Ich erstatte lediglich Bericht. Worte, Worte, Worte …

Elfte Szene

Antigone, in Ketten, wird von Zwei und Drei geführt.

ANTIGONE: Hat vor mir schon einer gelitten wie ich? Wer erzählt mir von einem ähnlichen Schmerz? Wird's besser, wenn ich Niobes Stein sehe, aus dem ihre ewigen Tränen fließen, weil alle ihre Töchter, alle ihre Söhne, sieben und noch einmal sieben, an einem Tag getötet wurden? Ein Stein will ich sein! Ein Mahnmal des Schmerzes, nicht aber der Schmerz. Der Tod bringt mich zu Bett und deckt mich zu und streicht mir zärtlich übers Haar und singt mich in seinen Schlaf.

DREI: Nimm dir kein Vorbild aus dem Reich der Sage. Die dort sterben nicht.

EINS: Such' dir aus, was besser ist – unsterblich zu sein oder sterblich. Ehrlich gesagt, bin ich froh, dass keiner mich fragt.

ZWEI: Schau' nicht nach vorne, und schau' nicht zurück! Wenn auch nur eine Amsel singt, ist das die ganze Welt. Scher' dich nicht um Vergangenheit und Zukunft. Dann kann dich die Gegenwart nicht schrecken.

ANTIGONE: Ihr kommt mir mit Trost, den sich Dichter ausgedacht haben zwischen Frühstück und Stuhlgang! Ich bedaure, dass ich das wahre Fluchen nie erlernt habe! Es würde mich vielleicht zurückbringen zu den Lebenden. So bin ich weder das eine noch das andere.

ZWEI: Mach' den Dichtern keinen Vorwurf. Sie wissen nicht, was sie tun, aber alle wollen, dass sie so tun, als ob sie es wüssten.

ANTIGONE: Ja, lacht mich ruhig aus! Kommt, lacht! Ich kann nicht lachen und konnte es nie. Fragt mich: Hätte Polyneikes das Gleiche getan für dich? Ihr kennt die Antwort. Wer so viel hasst, dass er den eigenen Bruder tötet, der begräbt die Schwester nicht.

EINS: Das könnte eine Überschrift sein. Vielleicht etwas zu lang.

ANTIGONE: Unbeweint, ungeliebt, unvermählt, unselig.

EINS: Das ist besser, ja. Das letzte Wort weg. Nur drei Worte. Unbeweint. Ungeliebt. Unvermählt. Die letzten Worte der zum Sterben Verurteilten, der zum Sterben Bereiten … *Zu Zwei*. He, nur dass du es weißt: Das ist meine Erfindung … nicht dass einer von euch … He, bleib' da! Willst in die Redaktion laufen mit meiner Headline?

ZWEI: Antigone steht neben dir! Direkt neben dir! Spuck' deinen Dreck wenigstens zur Seite!

EINS: Meinen Dreck? Wenn ich über Dreck berichte, ist es also mein Dreck?

ZWEI: Zeig' ein wenig Würde, du Trottel, auch wenn du sie nur spielst!

EINS: Würde? Würde ich mit dir so reden, würdest du sagen …

ZWEI: Richtig: Leck' mich!

Eins und Zwei gehen aufeinander los.
Tumult.
Drei versucht, Eins und Zwei zu trennen.

DREI: Schluss! Aasgeier seid ihr, verdammte! Pickt Witz noch aus dem letzten Schmerz in seinem letzten Zucken! Verschwindet! Raus!

ZWEI: He, he …

EINS: … wer bist du, dass du …

ZWEI: … dir einbildest …

EINS: … uns kommandieren …

ZWEI: … zu können!

DREI: Haut ab!

Eins und Zwei ab.

DREI: Ärger zu Ärger!

ANTIGONE: Keine Sonne mehr? Keine Sonne mehr. Keine Freunde mehr? Keine Freunde mehr. Und keiner weint? Keiner weint. Niemand klagt? Niemand klagt.

DREI: Leid zu Leid.

Drei ab.
Antigone wiegt sich und summt.

Zwölfte Szene

Kreon tritt auf, schaut Antigone lange schweigend an.

KREON: Wer tot ist und singt, der lügt. Gesungen wird unter der Sonne oder unter dem Mond oder unter den Sternen. Immer singen die Lebenden. Die Toten sind im Schatten und still. Mit wem auch sollten sie sich austauschen? Und über welches Thema? Warum legen wir Steine auf die Gräber? Warum schmücken wir die Steine? Wir wollen die Toten nicht mehr haben. Unter der Sonne nicht und nicht in unseren Herzen. Wir fürchten sie und verabscheuen sie. Weil wir sie fürchten, legen wir Steine auf sie und schmücken ihre Gräber, um sie zu beschwichtigen. Als wär's Liebe. Aber es ist Lüge.

Er schaut Antigone lange an. Sie wendet sich von ihm ab.

KREON: Ab mit ihr ins Loch! Und zugemauert, dass kein Spalt mehr bleibt, durch den sich auch nur eine Made könnte quetschen! Hat man uns nicht schon erzählt, dass im letzten Hunger der Mensch sogar Maden frisst? Soll sie abbeißen von ihrem Gewissen. Soll ihr das Gewissen einschenken. Dann wird sie nicht hungern und nicht dürsten. Und wird ewig leben wie eine Tote. Ich bin fertig mit ihr. Sonne, Mond und Sterne wollen sie nicht mehr sehen. Ab mit ihr ins Loch!

Kreon ab.

ANTIGONE: Zum Vater. Der gelitten hat wie keiner vor ihm. Keinen gab es, mit dem er hätte sich vergleichen können. Was gibt es mehr an Einsamkeit, als unvergleichlich zu sein! Warum erzählen wir uns Geschichten? Was wollen wir hören? Doch nur, dass wir nicht allein sind. Dass vor uns wenigstens ein Mensch war, der Ähnliches erlebt, Ähnliches gelitten, Ähnliches getan hat. Dass wir nicht die Ersten sind, die Einzigen. So können wir drüben einen treffen oder zwei oder eine ganze Familie und können uns austauschen über Leid und Glück. Gemeinsam lachen, gemeinsam weinen und wissen warum. Vater, du bist vorangegangen, Mutter, du bist vorangegangen. Euer Leid war beispiellos. Nun seid ihr für mich Beispiel. Gelitten wie Ödipus, gelitten wie Iokaste. Unschuldig gelitten. So wird man über mich sagen. Durch gutes Tun hab' ich einen schlechten Ruf erworben. Du, Bruder Polyneikes, sei Zeuge meines Gewissens. Und du, Bruder Eteokles, reiche dem Feind die Hand. Dann wird euch beide der Vater segnen. Und alles ist gut. Nicht zu hassen sind wir hier, nein, zu lieben.

Eins und Zwei treten auf. Sie führen Antigone ab.

Dreizehnte Szene

Drei tritt auf.

DREI: Es war einmal eine Frau, die hieß Danaë. Ihr Vater träumte, sie werde einen Sohn zur Welt bringen, und der werde ihn eines Tages töten. Also ließ er einen bronzenen Turm bauen und sperrte darin seine Tochter ein. Danaë weinte und bat den Vater, er solle doch wenigstens kein Dach auf den Turm setzen. Sie wünschte sich, den Himmel zu sehen, die Sonne, die Wolken, die Sterne. Und der Vater gab nach. Danaë betete in ihrem Verließ zum Himmel, zur Sonne, zu den Wolken und den Sternen. Da fiel ein Goldregen nieder, und der machte, dass sie schwanger wurde. Sie brachte einen Sohn zur Welt, den nannte sie Perseus und der tötete, als er erwachsen war, den Vater seiner Mutter, wie der es geträumt hatte. – Und dann war einmal ein Mann, der hieß Lykurg, der verspottete alles und jeden, fluchte auf alles und jeden, auf das Gesetz ebenso wie auf das Gewissen. Er wurde zusammen mit zwei Pferden eingesperrt, das Tor zum Stall wurde vernagelt, die Löcher wurden verstopft, die Taubenschläge geschlossen. Da haben die Pferde den Lykurg aufgefressen, dann wurde das Tor geöffnet und die Pferde wurden zur Tränke geführt. –

Und dann waren einmal zwei Brüder, die hießen Pandion und Plexippos, die wurden von ihrer Stiefmutter verleumdet. Sie hätten sie vergewaltigt, behauptete sie vor ihrem Mann. Da stach der Vater im Zorn den Söhnen die Augen aus, er hörte sie nicht an und warf sie in den Kerker, wo sie verschmachteten. Aber sie wurden gerächt. Die Sonne selbst bestrafte den Vater. Sie ließ ihn wählen zwischen Blindheit und Tod. Er wollte blind sein und leben, und er lebte blind in der Welt, als wäre ihm die Welt ein Kerker. – Gut ist es, die Geschichte des Leidens zu kennen.

Drei ab.

Vierzehnte Szene

Kreon tritt auf, sieht sich um.

KREON: Wer ist da?

Sieht sich weiter um. Unsicher. Gehetzt.

KREON: Wer hat mich gerufen? Komm' heraus! Versteck' dich nicht!

Er blickt sich weiter um. Verwirrt. Gequält.
Der blinde Teiresias tritt auf. Er tastet um sich.

TEIRESIAS: Kreon! Kreon? Halt' meine Hand! Dann ist's wie eine Blutbahn von meinem Herzen zu deinen Augen und wieder zurück.

KREON: Teiresias! Du hast mich gerufen?

TEIRESIAS: Wo es sonst immer umgekehrt war. Ja.

KREON: Und immer habe ich Nützliches von dir erfahren, wenn ich dich gesucht habe. Du hast mir gezeigt, wohin ich den Fuß setzen soll.

TEIRESIAS: Der Seher sieht nicht mit den Augen. *Klammert sich an ihn.* Sag' du mir, wohin ich den Fuß setzen soll.

KREON: Deine Gabe ist uns ein heiliges Rätsel.

TEIRESIAS: Und ist's mir auch. Und soll's auch bleiben. Sie speist sich nicht aus dem Verstand.

KREON: Wohl nicht allein aus dem Verstand.

TEIRESIAS: Zum kleinsten Teil nur, ja. Ich bin nicht klüger als der letzte Bürger dieser Stadt, was mir bewiesen wird, wenn ich meine Rechnungen schreiben soll.

KREON: Was keiner dir glaubt. Jeder rühmt deine Klugheit. Doch nicht, um so zu plaudern, hast du mich hierherbestellt in dieser Zeit …

TEIRESIAS: … in dieser Zeit, die aufgeladen ist wie die Wolken, bevor die Blitze niedergehen. Du sagst es.

KREON: Ich höre.

TEIRESIAS: Was du eine Gabe nennst und ein heiliges Rätsel, weil uns ein andres Wort dafür fehlt, das befahl mir, den Kopf zu heben und zu lauschen.

Und ich lauschte. Und was ich hörte, war nicht gut. Nicht gut. Nicht gut. Gekreische.

KREON: Gekreische?

TEIRESIAS: Gekreische, ja.

KREON: Wer kreischt?

TEIRESIAS: In meinem Kopf kreischt es … zugegeben … tief drinnen, aber nicht zu überhören.

KREON: In deinem Kopf kreischt es. Und kommst damit zu mir? Als ob ich dagegen etwas tun könnte. Was soll ich tun?

TEIRESIAS: Mit Fett vollgestopfte Vögel kreischen. Mit stinkendem, verfaultem Fett vollgestopfte Vögel …

KREON: Fett fault nicht.

TEIRESIAS: Nicht? Gut, das sind Details … Mag meine Interpretation in diesem Punkt nicht korrekt sein. Ranziges Fett wäre der bessere Ausdruck … Aber noch nicht genau genug … nein … verdorbenes Fleisch, zerfetzt von Hunden und Vögeln … So ist es richtig. Ich korrigiere mich und geniere mich deswegen nicht. Man sieht den Umstand und sucht nach Worten, ihn zu beschreiben, und je ungeheuerlicher der Umstand, desto fragwürdiger sind die Worte … Du verstehst, was ich sagen möchte. Wir irren alle. Das möchte ich sagen. Was sind wir? Lernfähige Versager sind wir. Das ist unser Adel. So dürfen wir sein. So sollen wir sein. Wer in die Irre geht, der ist erst dann ein gedankenloser, glückvergessener Mensch, wenn er Rettung sucht in Starrsinn und Unverstand.

KREON: Das ist an mich gerichtet? Gegen mich, genau genommen, nehm' ich an.

TEIRESIAS: Gib dem Toten nach, Kreon! Hau' nicht weiter auf den drauf, der längst schon nicht mehr ist! Welche Heldentat, den Toten nochmals töten! Ich rede zu deinem Vorteil.

KREON: Was könnte mein Vorteil in dieser Sache sein?

TEIRESIAS: Eigensinn und Starrsinn sehen nicht, wie sich alles um sie herum wandelt. Sie werden mitgerissen oder übergangen … und gehen unter.

KREON: Stopp! Was folgt, das kenne ich! Von diesen Argumenten bin ich verfrachtet und verkauft seit Langem schon. Was du Eigensinn nennst, nenn' ich Durchhaltevermögen. Was du Starrsinn nennst, nenn' ich geraden Kurs. Vertrauen auf die Kraft unserer Werte. Konsequenz.

TEIRESIAS: Die Inkonsequenz ist die letzte Garantie der Freiheit.

KREON: Ha! Nein! Es wird dir nicht gelingen, diesen Mann draußen auf dem Feld, oder was noch von ihm übrig ist, mit einem Bonmot ins Grab zu schaufeln! Die Mächtigsten kommen zu Fall, wenn sie sich ihre Unschlüssigkeit schönreden lassen. Das wird dir nicht gelingen. Unverstand ist selten gleich der Dummheit, meist ist er ein Synonym für Korruption. Unschlüssigkeit korrumpiert. Mich aber nicht, mich nicht!

TEIRESIAS: Ist Barmherzigkeit bereits Korruption?

KREON: Wenn Barmherzigkeit das Gesetz verletzt, dann ja.

TEIRESIAS: Und Gnade? Verletzt Gnade nicht immer das Gesetz?

KREON: Gnade kann sich nur leisten, wer keine Macht hat.

TEIRESIAS: Macht wozu?

KREON: Nur einen guten Zweck hat Macht.

TEIRESIAS: Nenn' ihn mir!

KREON: Gesetze zu beschließen. Wenn die Gesetze nicht mehr gelten, stürzt die Macht. Wenn die Macht stürzt, stürzt die Stadt. Wenn die Stadt stürzt, stirbt der Bürger. Wenn der Bürger stirbt, was tun dann Gnade und Barmherzigkeit? Sie jammern und klagen das Gewissen an: Warum hast du uns verlassen?

TEIRESIAS: Hier die Vieldeutigkeit des Lebens, da die Eindeutigkeit der Regeln. Nur die Unsterblichen können sich für eines der beiden entscheiden. Wir müssen mit beiden jonglieren. Du bist nicht unsterblich, Kreon. Um Gesetze zu beschließen, müssen wir frei sein von göttlichen Prinzipien. Sonst führen die Gesetze zu Grausamkeit und Tod. Du bist voll Unverstand und weißt es nicht. Oder du weißt es und bist zu stolz, den Fehler einzugestehen. *Pause.* Oder zu dumm.

KREON: Zu dieser Kränkung sag' ich nichts. Aus Hochachtung vor dir.

TEIRESIAS: Ich will dich doch nicht kränken, Kreon. Dich als Letzten. Das letzte Wort nehm' ich zurück. Du hast der Stadt nur Gutes gebracht … bisher. Wie haben wir dich bewundert und verehrt, als du eine Lösung gefunden hast, die beiden bösen Köpfe abzukühlen, dass sie sich abwechseln in der Macht, Eteokles ein Jahr, Polyneikes ein Jahr. Ich habe immer zu dir gestanden, habe dich verteidigt. Er will nicht die Macht, habe ich gesagt, wenn einer behauptete, du willst. Nein, sagte ich, er will das Wohl der Stadt. Der Kompromiss, so predigte ich, der Kompromiss rettet die Stadt. Wäre der Mensch ein Würfel, sagte ich, man könnte ihn stapeln, einer passte zum anderen, kein Reiben gäbe es, kein Brechen, keine hohlen Stellen. So sind wir aber nicht. Einmal muss der nachgeben, einmal der andere, sonst wird kein festes Gefüge daraus. So habe ich dich verteidigt, und am Ende meiner Rede gab es keinen, der dich nicht gelobt hätte.

KREON: Und was hat der Kompromiss gebracht? Hat er beruhigt? Nein. Mit ihm hat der Krieg erst begonnen. Das war mir eine Lehre.

TEIRESIAS: Der eine lehrt, der andere lernt. Wenn Lehrer und Schüler ein und derselbe sind, das kann einmal gut gehen, zweimal vielleicht, aber bald schon sagt der eine das Gleiche wie der andere. Warum auch nicht? Sie sind ja ein und derselbe. So funktioniert Erfahrung nicht. Ich bin ein alter Mann. Für einen Seher ist das Alter von Nutzen. Es ist ein Archiv des lebenslangen Lernens. Und doch kann ich mir selbst nicht raten. Das muss ein anderer tun. Raten kann immer nur ein anderer!

KREON: Um mir zu raten, hast du mich gesucht.

TEIRESIAS: Ich kann den Gesang der Vögel deuten. Auch das hässlichste Gekreische. Du fragtest nach dem Gekreische? Ich kann es lesen wie du die Briefe befreundeter Staatsmänner. Du liegst mir am Herzen, darum muss ich warnen. Ich lese Trauriges. Sehr Trauriges. Ich habe Mitleid mit dir.

KREON: Mit mir. Aha. Danke. Nicht nötig.

TEIRESIAS: Du wirst es bitter nötig haben, Kreon. Mitleid und Beileid in einem …

KREON: Wie war das?

TEIRESIAS: Mitleid und Beileid in einem. Denk' nach. Denk' nach, damit nicht ich es aussprechen muss. Der Seher darf in Andeutungen sprechen.

KREON: Wenn beides in eins fällt … Werde deutlich! Was meinst du damit? Nun warne ich dich! Warte!

TEIRESIAS: Ich bin es nicht, der dem Vater die traurige Kunde bringt. Ich nicht. Gewiss nicht ich. Ich möchte jetzt gehen. Mir ist nicht gut.

Teiresias tastet sich fort.

Fünfzehnte Szene

Eins und Zwei treten auf. Kreon verwirrt.

EINS, *Schreibblock in der Hand:* Grad haben wir es noch mitbekommen … das letzte …

ZWEI: Teiresias hat Fürchterliches prophezeit … wenn wir richtig gehört und richtig interpretiert haben.

EINS: Angeblich soll er früher schwarzes Haar gehabt haben …

ZWEI: … aber seit es weiß ist, sein Haar, habe er nie gelogen … so hört man.

EINS: Und wenn er auch diesmal nicht gelogen hat? Was dann?

KREON: Ich hätte ihn nicht gehen lassen sollen … Ich bin verstört … Was meinte er? Sagt es mir!

EINS: Wenn ich den Block beiseitelege … dann maße ich mir an, Euch zu raten …

KREON: Rat ist gut … ob er befolgt wird oder nicht … was soll er schaden …

EINS: Seid klug!

KREON: Das ist der Rat? Dafür hättest du deinen Block nicht abzulegen brauchen.

ZWEI: Er meint … ich darf seinen Rat deuten … er meint … gerade heraus: Lass' sie frei! Lass' die Tür zu ihrem Verließ einschlagen! Und lass' den Mann im Feld begraben, es sind ja nur die Knochen übrig.

KREON: Was der Seher sonst noch gesagt hat … die Andeutung … die traurige … Wenn du schon am Deuten bist, deute sie mir … Nein, besser nicht.

ZWEI: Was soll ich deuten?

EINS: Die vagen Worte des Sehers …

ZWEI: Mitleid und … Beileid in einem?

EINS: … und dass es den Vater trifft …

KREON: Er lügt nicht? Der Seher lügt nicht … Man sagt, er hat noch nie gelogen?

ZWEI: Seit sein Haar weiß ist, nicht. Nein.

EINS: Nein.

ZWEI: Niemals und nie.

KREON: Ich kann des Sehers Worte selbst deuten. Ich brauche niemanden dazu.

Stille.
Plötzlich:

KREON: Schnell! Los, los, ihr Diener! Gebt mir eine Axt! Und ihr lauft aufs Feld! Und grabt ein, was übrig ist! Verscheucht die Hunde und die Vögel! Und ich … ich … ich werde die Mauer einschlagen! Und sie befreien. Es ist genug!

Kreon, Eins und Zwei ab.

Sechzehnte Szene

Drei tritt auf.

DREI, *nach langem Schweigen:* Gesoffen haben wir. Getanzt haben wir. Gesungen haben wir. Gelacht haben wir. Manchmal gerauft. An den Haaren gezogen haben wir uns, an den Eiern gefasst haben wir uns. Und uns wieder vertragen. Umarmt haben wir uns. Beieinandergelegen waren wir. Und haben einander gern gehabt. Und haben uns geliebt. Nachts in den Himmel geschaut haben wir zu den Sternen und ihren Bildern und haben uns von den Sternbildern erzählt. Noch einmal haben wir die Flasche rundum gehen lassen … – Ach, wär's nur wieder! Diese weiten Gedanken im Rausch! Ach, fänden sie doch zu nüchternen Worten am nächsten Morgen! Besoffen waren wir und haben getanzt, das steht fest. Die trockensten Bürokraten haben getanzt, dass ihnen der Gürtel geplatzt ist. Die Frauen haben ihre Düfte freigegeben. Und alle waren schön. Wir alle waren schön. Als hätte uns ein Gott gesegnet … Wie stolz wir waren auf unsere Stadt! Die hintersten Wege noch waren jedem Bürger vertraut. Hier bin ich geboren. Hier lebe ich gern. Das kenne ich und das auch. Und wäre ich fort und käme nach zehn Jahren wieder, ich würde mich in den Staub werfen und die Straße umarmen! Jeder Unrat wäre mir willkommen. Wer immer uns beschützte von oben, wer immer uns lachen, tanzen, singen, raufen, saufen, fluchen, uns versöhnen, uns freuen machte – komm' wieder! Komm' wieder zu uns!

Siebzehnte Szene

Eins und Zwei kommen aus verschiedenen Richtungen.

EINS: Haimon ist tot.

Stille.

ZWEI, *offiziell:* Meine Damen und Herren, das Schicksal hebt empor und bringt zu Fall. Unsere Aufgabe ist es zu berichten. Ihre Aufgabe ist es zu urteilen. Sie werden sich fragen: Wessen Schicksal? Sie werden sich fragen: Wer wurde emporgehoben, wer wurde zu Fall gebracht …

EINS: Niemand fragt das! Hör' auf! Haimon ist tot. Kann man denn nicht warten, vom Schicksal zu reden, bis er wenigstens unter der Erde liegt und einmal Tag war und einmal Nacht?

ZWEI: Richtig wäre es gewesen, vom Schicksal zu sprechen, bevor es so weit kam.

EINS: Versuch' nicht, die Trauer mit Unsinn zu versüßen! Haimon ist tot. Er hat sich das Leben genommen. Er sagte, er gibt nur dem Tod, was ihm längst schon gehört. Aber wo ist der Unterschied?

ZWEI: Eine Leiche mit Seele.

EINS: Ist das jetzt Poesie oder was?

ZWEI: Kommt nicht von mir.

EINS: Und wer sagt das?

ZWEI: Man sagt das.

EINS: Und wer ist man?

ZWEI: Man sagt, angeblich habe er selbst das gesagt. Er sei eine Leiche mit Seele.

EINS: Beginnt jetzt schon das Angeblich und das Man-sagt? Kreons Sohn hat sich das Leben genommen. Genügt das nicht?

DREI: Nein, das genügt nicht. Es muss dazu gesagt werden, warum er es getan hat.

ZWEI: Jeder weiß es.

DREI: Es muss ausgesprochen werden. Die Wahrheit ist Wahrheit erst, wenn sie ausgesprochen wird. Manchmal benötigt sie nur wenige Worte. Manchmal nur eines.

EINS: Du sprichst wie der Seher, der den Flug der Vögel deutet. Wo es doch nichts am Flug der Vögel zu deuten gibt. Verflucht!

Drei schweigt.

EINS: Genügt es denn nicht, einfach nur zu berichten? Wo der Bericht schon schrecklich genug ist. Muss der Bericht denn immer noch dazu die Deutung liefern?

DREI: Unglück folgt auf Unglück …

EINS: … weil das Unglück gedeutet wird …

ZWEI: … und aus der Deutung neues Unglück wächst …

EINS: … und das neue Unglück …

ZWEI: … abermals gedeutet werden will …

DREI: Halt! Was ihr treibt, ist Andeutung. Andeutung ist die Deutung der Feiglinge und Lügner, der Hinterhältigen und Einfältigen. Die noch an einen guten Ausgang glauben, die reden in Andeutungen. Dafür ist es zu spät.

EINS: Du hast recht.

ZWEI: Er hat recht.

Stille.

EINS: Dann will ich berichten, was geschehen ist … ohne Andeutung. *Zögerlich.* Die Mutter, ich meine, des Toten Mutter, also Kreons Frau, also Haimons Mutter, die soll angeblich, so sagt man … man sagt so, ja … ich gebe zu, es klingt wie eine Andeutung, aber diesmal ist sie anderer Art, von jener Art nämlich, die die Blöße der Verzweiflung bedeckt … von einer unheilvollen Ahnung getrieben, das Haus soll sie verlassen haben, die Gattin und Mutter, soll nach dem Sohn und dem Gatten gerufen haben und schon im Vorhinein Tränen vergossen haben auf der Gasse, da sei … so sagt man … ein Mann ihr entgegengelaufen, verstört war er, geschnauft hat er, und sie habe ihn am Arm gepackt und geschrien, was ist passiert, was ist passiert, da habe er ihr alles erzählt, denn er war dabei, er war es, der den Kreon hinaus aufs Feld geführt und ihm geholfen hat, was übrig war von Polyneikes, Knochen und Sehnen, ungenießbar selbst für Hunde und Vögel, zu begraben, endlich, und er war es auch, der gleich danach zusammen mit Kreon zu dem Kellerloch gelaufen ist, hinter dessen zugemauerter Tür Antigone schmachtete, er sei es gewesen, erzählte der Mann der Frau, er sei es gewesen, der zusammen mit ihrem Mann die Mauer aufbrechen wollte, doch die sei bereits aufgebrochen gewesen, und zwar von Haimon, und was sahen sie, sie sahen, was geschehen war, was auch Haimon gesehen hatte, als er die Mauer aufbrach mit den bloßen Fäusten und einem Stein, nämlich, nämlich, nämlich, die Worte seien dem Mann im Hals steckengeblieben, aber dann habe er es doch gesagt, Antigone nämlich sei gehangen mitten im Raum, aus ihrem Kleid habe sie sich einen Strick geflochten und habe sich aufgehängt, da sei Kreon, der harte, der steinerne Mann, auf die Knie gefallen und habe geweint und das Schicksal verflucht und sich selbst verflucht, so erzählte der Mann der Frau und Mutter, Haimon aber habe Antigone umarmt und ihr liebste Worte in die toten Ohren geflüstert, als ob er den Vater gar nicht sähe, dann aber plötzlich habe er zum Schwert gegriffen und sei auf den Vater losgegangen, du, du, du, habe er geschrien, du bist schuld, du, aber Kreon sei ihm entkommen und habe damit dem Sohn erspart, den Vater zu töten, wie es Ödipus nicht erspart geblieben sei, da habe, da habe, da habe, wieder seien die Worte dem Mann im Hals steckengeblieben, da habe Haimon das Schwert gegen sich selbst gerichtet, habe sich hineingestürzt. Und aus. Aus. Genauso sei es gewesen … angeblich … sagt man. So habe der Mann der Frau berichtet, der Mutter …

ZWEI: Das waren gute Worte.

Zwei reicht Eins die Hand.

EINS: Wenn's an den Worten nur läge! An denen liegt es nicht. Die Worte sind nicht schuld.

DREI: Immer sind die Worte schuld.

EINS: Noch bin ich nicht am Ende. Was begonnen wurde mit Worten, soll auch mit Worten zu Ende gebracht werden. Die Mutter nämlich konnte es nicht ertragen.

ZWEI: Was heißt das?

DREI: Sprich es aus!

EINS: An diesem Tag beklagte Kreon nicht nur den Sohn. Auch die Frau. Erlaubt mir die Andeutung. Sie konnte nicht mehr …

Kreon tritt auf.

KREON: Weh mir. Weh mir.

DREI: Irrt euch nicht! Das sind keine Worte.

KREON: Weh mir. Weh mir. Weh mir. Weh mir. Weh mir. Weh mir. Weh mir. Weh mir. Weh mir …

Michael Köhlmeier, *geboren 1949, Romane und Erzählungen, die meisten erschienen im Hanser Verlag München, zuletzt „Frankie" und „Matou" und seine Märchensammlung. Seit vielen Jahren verheiratet mit der Schriftstellerin Monika Helfer.*

Jürgen Kaizik

Musils Mörder

Durch die Augen des Lustmörders Christian Moosbrugger erleben wir die letzten Tage seines Schöpfers Robert Musil aus intimster Nähe. Robert Musil, deutschsprachiger Dichter und Schöpfer des großartigsten Romanfragments der Weltliteratur, als fiktive Figur.

(D) **€ 18,00**
ISBN 978-3-99200-170-5

Johannes Nestroy

Über dem Meer

Am 31. Juli 1944 stürzte eine Lockheed Lightning P-38 F-5B nahe der französischen Küste in das an diesem Tag außergewöhnlich ruhige Mittelmeer. Es gibt keine Gewissheit darüber, welches Schicksal Antoine de Saint-Exupéry nach dem Start zu seinem letzten Flug ereilt hat.

(D) **€ 18,00**
ISBN 978-3-99200-220-7

Franz Winter

Palazzo Vendramin

1882, der Parsifal ist in Bayreuth uraufgeführt: Mitte September übersiedelt der fast 70-jährige Richard Wagner mit seiner Familie nach Venedig, in den Palazzo Vendramin am Canal Grande. Es sollen seine letzten Lebensmonate werden.

(D) **€ 18,90**

ISBN 978-3-99200-091-3

Franz Winter

Sommerfrische

Die Novelle „Sommerfrische" spiegelt die Bruchstücke des Lebenswerkes Hugo von Hofmannsthals in dessen verschwimmendem Ende einer unerfüllten Vollendung im Biotop der ersehnten Seelenlandschaft des Salzkammergutes.

(D) **€ 18,90**

ISBN 978-3-99200-131-6

Michael Dangl

Hymnos an den Süden

Michael Dangls HYMNOS AN DEN SÜDEN, in der Tradition des klassischen Epos, ist nichts weniger als die Biografie eines von klein auf die Sonne suchenden, sich ganz der Sonne, dem Süden verschreibenden Mitteleuropäers.

(D) **€ 18,00**

ISBN 978-3-99200-323-5

Gidon Kremer

Briefe an eine junge Pianistin

Gidon Kremer ist einer der bedeutendsten Violinisten unserer Zeit. Ein Gespräch mit einer jungen, hochtalentierten Pianistin nach einem Konzert lässt dem Maestro keine Ruhe, und er beschließt, ihr zu schreiben.

(D) **€ 18,90**

ISBN 978-3-99200-089-0

Gerhard Köpf

Die Souffleuse

Sieben Geschichten nehmen uns mit auf eine ebenso unterhaltsame wie poetische Reise. Das hohe Lied auf Individualisten und Einzelgänger beginnt im Theater mit dem späten Glück einer Souffleuse.

(D) **€ 22,00**
ISBN 978-3-99200-350-1

Edith-Ulla Gasser (Hg.)

Die wahren Bilder sind im Kopf

Bilder vor dem inneren Auge erstehen zu lassen, gehört zu den ureigensten Aufgaben von Literatur. Objekte der Bildenden Kunst zum Schreibanlass zu nehmen, war die Ausgangslage der hier gesammelten Erzählungen. Mit zum Teil überraschenden Ergebnissen, die zu neuem Sehen verhelfen.

(D) **€ 24,00**
ISBN 978-3-99200-354-9

Bibliografische Information der Deutschen Nationalbibliothek
Die Deutsche Nationalbibliothek verzeichnet diese Publikation in der Deutschen Nationalbibliografie; detaillierte bibliografische Daten sind im Internet über http://dnb.d-nb.de abrufbar.

1. Auflage 2023

Servitengasse 5, A-1090 Wien
www.braumueller.at

Quelle, zitiert nach: Sophokles: *Antigone.* Übersetzt von Kurt Steinmann, herausgegeben von Mario Leis und Nancy Hönsch. Stuttgart: Reclam 2021.

Coverillustration: Michael Köhlmeier
Lektorat: Anita Luttenberger
Druck: Prime Rate Kft. Megyeri út 53. H-1044 Budapest
ISBN 978-3-99200-356-3